현자의 제자를 자칭하는 현자

She professed herself
pupil of the wise man.

자칭하는 현자 22

쇼트스토리

한겨울의 서머 스타일

그것은 유령선 조사선에서 목적지로 향하던 도중의 일이었다.

키메라 클로젠의 괴멸에 이라 무에르테의 괴멸. 또 고대지하도시의 지하연구소 발견과 아홉 현자 귀환 등. 최근 있었던 큰 사건에 미라가 관여했다는 사실에 아노테 일행은 열광했다.

그리고 그러한 화제에 관해 미라가 이야기할 수 있는 범위 내에서 설명을 마친 참이었다.

"그런데 말이야, 매지컬 코디라는 게 있었는데 최근에 또 새로운 게 나왔대."

"마녀 시리즈 말이지이? 소문은 들은 적 있어어."

미라를 흘끔 쳐다본 후, 마이카가 입을 열었다. 앙투아네트도 그런 게 나왔다는 건 안다면서 미라를 바라보았다.

그렇게 화제는 최근 있었던 사건들이 어떠했는지에 관한 이야기에서 패션에 관한 것으로 옮겨가기 시작했다.

"잠깐만 눈을 떼면 금방금방 바뀐단 말야."

"요즘 패션은, 하나도 모르겠어요."

화제에는 올렸지만 지금은 이래저래 바빠서 전혀 유행을 못 쫓아가겠다고 마이카가 말하자, 마논 역시 그렇다며 맞장구를 쳤다.

"뭐, 아노테하고는 상관없겠네. 딱히 고집하는 패션 같은 것도 없어 보이니까."

그런 화제가 나오자마자 마이카가 어쩐지 놀리는 듯한 눈으로 아노테를 바라보며 말했다.

"잠깐, 무슨 뜻이야~."

일리가 있는 말이라고 해야 할지, 귀엽거나 세련된 실내복을 입은 일동에 비해 아노테는 반바지에 반팔 셔츠라는 간소한 차림새를 하고 있었다. 그래서인지 아노테는 부루퉁해져서 불평을 하면서도 맞는 말이기는 하다고 인정했다.

(흐~음, 그리 신경을 쓸 문제인가?)

기본적으로 미라는 유행에 둔감했다. 아닌 게 아니라 주변의 모든 사람들이—— 주로 마리아나와 릴리를 비롯한 시녀 군단이 패션을 좌지우지하고 있는 탓에 신경을 쓸 필요조차 없었다.

하지만 듣고 보니 신경이 쓰여서 어디 보자, 하고 이곳에 있는 모두의 현재 복장 상태를 확인해 보니, 모두가 각각 개성적이라는 걸 알 수 있었다.

쇼트팬츠가 매력적인 마이카에게는 세련미라는 건 이런 게 아닐까 생각하게 하는 매력이 있었다.

마논은 블라우스에 스커트라는 기본에 충실한 차림새였지만 매우 귀엽다.

앙투아네트는 실내복까지도 여왕 같아서, 어떻게 보면 가장 패션에 대한 신념이 있는 듯했다.

유즈하는 본인의 이미지답게 동물이 그려진 옷을 입었다.

다시금 보니 저마다의 개성이 느껴지는 차림새였다.

"관심 없다는 표정이지만, 미라도 꽤 기합이 들어가 있지 않아아?"

한 사람씩 관찰하던 중, 문득 눈이 마주친 앙투아네트가 현재 미라의 옷차림에 관해 언급했다.

마녀풍 복장이었던 미라 커스텀 윈터. 거기서 실내복으로 갈아입은 지금도 분위기를 통일해 검은 고딕 스타일이었다. 릴리와 마리아나가 협력 관계에 도달했기에 연출된 통일감이다.

"엄청 잘 어울리지?"

"무슨 기준으로 고르고 있어?"

마논이 센스가 좋다고 절찬하자, 유즈하는 자신에게 어울리는 옷을 고르기는 어렵지 않느냐며 관심을 보였다.

"이 몸은 그런 건 영 꽝이라 말이다. 좀 전까지 입고 있던 것은 누가 만들어준 것이다. 취미가 같은 자들이 모여서 이것저것 마련해주고 있지. 그리고 지금 입은 것은 다른 이가 골라준 것이야."

딱히 자랑할 만한 것이라 생각하지 않아서, 미라는 솔직하게 답했다.

여성 패션에 관해서는 아는 바가 없지만 센스가 좋아 보이는 것은 유행에 민감한 왕성의 시녀 집단과 속옷부터 실내복까지 챙겨주는 마리아나 덕분이라고.

"좀 전에 입고 있었던 거면…… 그 매지컬 코디?! 그거 수제품이었구나, 굉장해!"

"거의 완벽한 완성도라, 전문점 상품인 줄 알았는데."

이러니저러니 해도 요즘 여자애들 같은 면도 있었는지. 마이카와 마논은 유독 큰 관심을 보이더니 자세히 보여 달라는 소리를 했다.

"뭐어, 상관은 없다만."

딱히 거절할 이유는 없어서 미라 커스텀 원터를 건네주자, 앙투아네트 일행은 곧장 달라붙더니 놀란 얼굴로 프로 뺨칠 정도로 탁월한 기술의 결정체라며 호들갑을 떨었다.

"취미의 영역을 훌쩍 넘어선 것 같은데…… 그 사람들은 정체가 뭐야?"

속옷 전문이라고는 해도 재봉 장인인 앙투아네트가 보아도 그 완성도는 압도적인 모양인지, 그녀의 눈에는 존경심마저 떠올라 있었다.

"알카이트성의 시녀들이다."

"왕성 시녀들은 진짜 프로구나. 굉장해."

나라의 중심이라고도 할 수 있는 왕성. 그렇기에 엘리트만 모여 있을 것 같기는 했지만, 이렇게 훌륭한 엘리트가 일하고 있었구나, 하는 생각에 앙투아네트는 충격을 받았고 마이카와 마이카 역시 놀란 눈치였다.

(대체 무엇이 그자들을 그렇게 만든 겐지…….)

히노모토 위원회에 소속된 장인이기도 한 그녀들을 이토록 놀라게 할 정도니, 릴리 일행의 기술은 엄청난 수준인 것이리라.

그리고 미라는 그 정도의 기술을 습득한 정열이 어디에서 비롯된 것일까, 하는 생각에 전전긍긍할 수밖에 없었다.

"저기 있지, 이것 말고 더 없어?!"

한참 동안 확인을 하는가 싶더니, 앙투아네트가 이것 말고도 만들어준 것은 없느냐고 물었다.

"뭐어, 다소 있기는 하다만……."

그 기세에 밀린 미라는 순순히 지금까지 릴리 일행이 만들어준 것들을 모두 늘어놓았다.

그것들을 건네받은 앙투아네트 일행은 그 기술에 감탄했다. 그리고 그러던 도중.

"아, 수영복까지 있네."

"우와~ 이거 좋다. 굉장하고 귀여워!"

마논이 여러 벌의 미라 커스텀 속에 섞여 있던 수영복을 집어 들자, 마이카가 실용성과 디자인에 주목했다.

얼핏 평범한 수영복처럼 보이지만 그것을 만든 것은 릴리 일행이다. 재료부터 기술까지 모든 걸 아낌없이 퍼부은 일품이었다.

"수영복이라아…… 그러고 보니 올해는 전혀 입을 일이 없었네에."

무슨 일이 있었던 것인지, 문득 아노테가 중얼거렸다. 그러자 그 감정이 전파되기라도 한 듯, 모두의 표정이 순식간에 어두워졌다.

"올해 여름으은……."

"고대지하도시의 최심부에서 발견했다는 대량의 자료가 반입돼서, 그걸 조사하느라 다 날아갔지."

앙투아네트까지 침울해져서 말하자, 유즈하가 과거를 돌이켜

보듯 중얼거렸다. 그 모습으로 미루어 아무래도 여름은 일을 하느라 눈코 뜰 새 없이 바빴나 보다.

"아, 그러고 보니 말이야. 그 장소를 발견한 건, 혹시 미라가 아니었을까?"

"그래. 마키나가디언의 소재를 가져온 당사자니까."

마이카가 문득 떠오른 듯…… 아니, 다소 작위적으로 그 일을 언급하자 분명 그럴 거라고 아노테가 말을 이었다.

그러자 이번에는 그 자리에 있던 일동의 시선이 단숨에 미라에게 꽂혔다.

아무래도 그녀들은 그 수수께끼의 연구소에서 발견된 대량의 물건들을 정밀 조사하는 팀에 참가했던 모양이다. 그리고 여름 내내 반입된 그것들을 하염없이 조사했던 것이다.

미라와 소울하울이 그 장소를 발견하지 않았다면, 분명 새로 장만한 수영복을 입고 올해 여름을 만끽했을 거다. 그런 무언의 압박이 담긴 아노테 일행의 시선이 사정없이 박혔다.

"맞아. 무정하게도 지나간 우리의 여름을 대신하는 의미에서어, 미라, 이것 좀 입어봐 줘."

대체 어째서 말이 그렇게 되는 것인지는 모르겠지만, 앙투아네트가 수영복을 든 채 그런 소리를 하기 시작했다.

"아니아니, 어찌해서 그렇게 되는 게야. 말이 안 되지 않으냐!"

오히려 칭찬을 받아 마땅한 대발견이었다고 씩씩거리며 미라는 그 즉시 거절했다.

"좋은데? 잃어버린 우리의 시간을 돌려줘!"

"여름을 잃은 우리에게 위안을!"

아노테와 마이카는 심술이라도 부리듯 앙투아네트의 알 수 없는 이론에 편승해, 프레시한 서머 스타일을 보여 달라고 압박을 해왔다.

"이 몸과는 무관한 이야기로구나. 그리고 애초에 이 몸만 수영복을 입으면, 혼자만 창피를 당할 것 아니냐. 정 그렇다면 그대들도 같이 갈아입어라. 그러면 생각을 해보마."

계절에 안 맞게 이 시기에 혼자 수영복 차림이 되는 건 벌칙이나 다름이 없다. 그렇기에 궁지에서 벗어나기 위해 반사적으로 내뱉은 말이었다.

하지만 일동은 그 말을 액면 그대로 해석하고 말았다.

"헤에~ 우리가 갈아입으면 미라도 갈아입겠다고요?"

앙투아네트가 언질을 잡았다는 듯이 미소를 지어 보였다.

"아니——."

"그럼 우리 모두 갈아입을 테니까, 미라도 입는 거다?!"

그녀들이 알 수 없는 추진력을 발휘하는 바람에 미라는 자신이 실수했음을 깨달았다. 하지만 바로 내뱉은 말을 주워 담으려고 입을 연 순간, 아노테가 반론은 허락하지 않겠다는 듯이 잽싸게 결정사항을 내뱉었다.

"그러면 하이라이트인 미라는 이쪽에서."

이어서 뭐라 말을 하기도 전에, 앙투아네트가 미라를 방구석으로 데려가 버렸다.

"신호하면 등장해~!"

커튼을 이용해 눈 깜짝할 새에 탈의실까지 만들더니, 미라를 그곳에 남겨둔 채 앙투아네트가 돌아갔다.

"그러면 얼른 갈아입어 볼까?"

그런 아노테의 말과 함께 움직이는 낌새가 느껴졌다. 커튼 너머에서 옷감이 스치는 소리가 연신 들려왔던 것이다.

(설마, 일이 이렇게 될 줄이야……)

그 소리와 낌새를 통해 그녀들도 옷을 갈아입기 시작했다는 걸 알 수 있었다. 커튼 한 장 너머에서 옷 갈아입는 장면이 라이브로 펼쳐지고 있다. 다시 말해서, 커튼 틈새로 슬쩍 엿보면 아찔한 광경을 볼 수가 있는 것이다.

하지만 현재 미라는 그게 문제가 아니었다. 그 상황은 미라에게 옷을 갈아입으라는 재촉이기도 했기 때문이다.

"……어쩔 수 없나."

이렇게 된 이상 빠져나갈 방법은 없다. 또한 적어도 곧 일동의 수영복 차림을 구경할 수는 있다.

건강미가 넘치는 아노테는 두말할 것 없이 매력적일 거다.

갸루 같은 느낌이 강한 마이카에게서는 틀림없이 대단할 것이라는 생각이 절로 드는 무언가가 느껴진다.

포근한 분위기를 풍기는 마논은 바다와 함께하는 이미지가 잘 떠오르지 않았다. 그렇기에 수영복 차림은 어떨까, 하는 기대감이 차오른다.

그리고 같은 족속이라 할 수 있는 앙투아네트와 유즈하는 비슷한 처지로서 어떠한 수영복을 골랐을지, 앞으로 참고가 될 것

같다.

부끄러움을 무릅써야겠지만 어느 정도는 눈 호강도 될 거다. 그런 이런저런 생각 끝에 일정 부분은 단념하기로 한 미라는, 어쩔 수 없다는 듯이 옷을 벗었다.

"미라, 준비 다 됐어~?"

"언제든지 괜찮다~."

옷을 다 갈아입은 미라는 제대로 입었는지 확인한 후, 살짝 기대하며 답했다.

"그러면, 드디어 미라가 등장하겠습니다~."

카운트다운 후, "나오세요~!"라고 아노테 일행이 신호를 주었다.

"자, 어떠냐!"

이렇게까지 무대를 마련해주고 주목하자 더더욱 부끄러워졌지만, 미라는 큰맘 먹고 에잇, 하고 커튼을 젖히고 수영복 차림으로 등장했다.

"귀여워~!"

이러니저러니 해도 미라는 톱클래스의 미소녀다. 그리고 수영복 역시 그 매력을 이끌어내기 위해 특별히 제작된 물건이다. 따라서 그렇게 환호성을 보내는 건 당연한 일이었고, 미라는 보란 듯이 당당하게 굴었다. 하지만 다음 순간, 그 얼굴은 불만으로 가득해졌다.

"그건 반칙 아니냐!"

미라가 대뜸 내뱉은 것은, 너무도 잔인한 배신에 대한 불평이었다.

그 이유는 아노테 일행이 옷을 갈아입지 않았습니다, 같은 흔해빠진 상태였기 때문이 아니다. 일동은 확실히 약속한 대로 수영복으로 갈아입은 상태였다.

하지만 그 수영복이 문제다. 그것은 분명 조사대의 장비일 듯했다. 요컨대 작업용 수영복으로, 생김새는 다이빙 슈트의 친척쯤 되어 보였다.

몸의 라인이 잘 드러나서 이건 이것대로 괜찮다고 보는 이도 있을지 모르지만, 미라는 반짝반짝 빛나는 여자들의 수영복 파라다이스를 그리고 있었던 탓에 배신당했다는 느낌이 단숨에 임계치를 돌파해버린 것이다.

결과적으로 제대로 된 수영복을 입은 건 미라뿐인 상황.

"아무리 봐도 이건 사기다, 반칙이야! 사과해라!"

이건 너무도 잔인한 배신 행위라고 미라는 목소리를 높여서 항의했다.

"그래그래, 알았어."

"미라도 참, 좀 진정해. 장난이라니까."

"보세요, 제대로 준비했다고요~."

아노테와 마이카, 그리고 마논은 씩씩거리는 미라를 어떻게든 달래려 했다. 세 사람은 옆에 숨겨두었던 진짜 수영복을 집어들더니 이게 있으니 미라만 갈아입게 하진 않을 거라고 거듭 말했다.

"어어, 저기……."

일동이 시키는 대로 갈아입은 끝에 이런 일이 벌어지자 유즈하는 안절부절 못했다. 그에 반해 앙투아네트는 미라의 심정도 아주 잘 이해가 된다면서 고개를 끄덕이면서도 그 반응을 즐기듯이 미소를 짓고 있었다.

어찌 되었건 미라가 필사적으로 항의한 보람이 있었다고 해야할지, 이번에야말로 아노테 일행은 진짜 수영복으로 갈아입기 시작했다.

(이건…… 오히려 속길 잘했다고 해야겠구먼!)

심지어 신호 같은 것──'그럼 갈아입을게' 같은 말도 없이 곧장 갈아입기 시작해준 덕에 미라는 지금, 수영복 차림 이상의 눈 호강을 하고 있었다.

자신의 몸을 비롯해서 꽤나 많이 보기는 했지만, 나체라는 것에는 그것으로만 얻을 수 있는 무언가가 있는 것이다.

"뭔가, 이건 이것대로 살짝 즐겁네."

그렇게 모두가 수영복으로 다 갈아입고 나자, 아노테가 일동을 둘러보며 웃었다.

"응, 의외로 나쁘지 않을지도."

마이카도 고개를 끄덕이며 어쩐지 방의 분위기까지 바뀐 것 같다고 말했다.

밖은 겨울 바다라 수영복으로 갈아입었다 해도 할 수 있는 건 없다. 아닌 게 아니라 방 밖으로만 나가도 추위로 몸이 움츠러들 거다.

그렇기에 수영복을 입은 것은 그야말로 무의미한 짓이었지만, 그럼에도 이렇게 다 같이 옷을 갈아입는 것도 나쁘지 않은 듯했다.

"다음 여름에는, 진짜 마음껏 놀고 싶어!"

"그때는, 미라도 함께였으면 좋겠네에."

"이 몸도 말이냐?!"

그렇게 자연스럽게 방에서 할 수 있는 일인 담소가 시작되었는데, 아무래도 다들 수영복 차림이다 보니 그와 관련된 내용이 주를 이루었다.

언젠가 또 다 같이 놀자고, 그때는 심해 탐색도 해보고 싶다고 유즈하가 말하자 그거 재미있겠다는 소리가 여기저기서 터져 나왔다.

아직은 다 같이 심해에 들어가기가 어려울 거다. 하지만 안루티네가 도와주면 연구하기에 따라 어떻게든 될지도 모른다. 분명 재미있을 것이라고 생각하자, 미라의 마음속에서 모험심이 꿈틀대기 시작했다.

She professed herself
pupil of the wise man.